PERCURSOS DO DESTINO

PERCURSOS DO DESTINO

ALDIVAN TORRES

Canary Of Joy

CONTENTS

1 "Percursos do destino"   1

CHAPTER 1

"Percursos do destino"

Aldivan Torres

PERCURSOS DO DESTINO

Autor: Aldivan Torres
©2018-Aldivan Torres
Todos os direitos reservados

Este livro, incluindo todas as suas partes, é protegido por Direito de autor e não pode ser reproduzido sem a permissão do autor, revendido ou transferido.

Aldivan Torres é um escritor consolidado em vários gêneros. Até o momento tem títulos publicados em nove línguas. Desde cedo, sempre foi um amante da arte da escrita tendo consolidado uma carreira profissional a partir do segundo semestre de 2013. Espera com seus escritos contribuir para a cultura Pernambucana e brasileira, despertando o prazer de ler naqueles que ainda não tenham o hábito. Sua missão é conquistar o coração de cada um dos seus leitores. Além da literatura, seus gostos principais são a música, as viagens, os amigos, a família e o próprio prazer de viver. "Pela literatura, igualdade, fraternidade, justiça, dignidade e honra do ser humano sempre" é o seu lema.

"Percursos do destino"
Percursos do Destino
Pesqueira
Belo Jardim
Na favela
De volta ao observatório
São Caetano

Pesqueira

Um novo dia aparece com bastante força. O sol surge, inundado o ambiente com seus raios poderosos. Em contraste, sopra uma brisa fina e gelada o que ajuda no despertar e relaxamento de todos.

No entanto, não havia tempo a se perder. Os anjos levantam rapidamente e com a permissão da proprietária do estabelecimento, vão chamar os outros de modo a tomar o café da manhã.

Um a um, vão sendo expulsos dos seus quartos, reúnem-se e partem para a copa. A pequena distância que os separa é cumprida e semelhantemente á noite, vão preparar seus pratos. Quando terminam esta etapa, vão alimentar-se tranquilamente, acomodando-se em cadeiras ao redor duma mesa próxima, naquela linda manhã a qual prometia.

Tudo permanecia num clima de paz e guerra em simultâneo. Eu explico. Paz por cumprirem o cronograma fielmente até o momento é guerra interna por ainda não terem definições concretas sobre o futuro dos próximos acontecimentos. Além de ansiosos, eles tinham uma vontade crescente de controlar seu próprio destino, o que na maioria das vezes não era possível causando uma espécie de frustração entre eles. Porém, não era nada encarado como definitivo.

A grande virtude que possuíam era o otimismo e isto os ajudava a enfrentar qualquer situação, inclusive em discussões entre eles. Uma delas ocorre no momento do café, mas Rafael com sua autoridade consegue a conter. Fora uma discussão boba entre as mulheres sobre a importância de cada uma delas. Ainda bem que ao final conseguiram fazer as pazes.

Foi assim que em trancos e barrancos concluem o desjejum. Numa reunião rápida entre eles, definem um local para irem, voltam aos respectivos quartos, fazem as malas, saem novamente, pagam a hospedagem, despedem-se dos demais e finalmente deixam o estabelecimento O "Eu sou" de cada um deles gritava internamente para ser ouvido e isto ecoava em suas mentes.

Do centro, eles partem em sentido leste com destino a um dos extremos da cidade. Na travessia feita a pé, eles encontram conhecidos, desconhecidos e ao atravessarem as ruas enfrentam o trânsito que no momento estava bastante caótico. Mesmo assim, não desanimam.

Gradativamente, vão ultrapassando pontos importantes como a avenida que desce para a rodoviária, o convento dos franciscanos e chegando na Avenida Recife, dobram à esquerda em direção à universidade de Pesqueira.

Agora, cada passo era decisivo, pois o local do destino se aproximava. Caminhando cerca de duzentos metros, eles param em frente a uma casa abandonada. Com um sinal, todos se aproximam, ultrapassam a entrada, tem acesso à área externa e neste instante o filho de Deus entra em contato.

"Meus irmãos, estou diante dum símbolo do meu passado. Em 2002, eu passava por aqui e escutei dos meus amigos uma história tenebrosa sobre este lugar que envolve assassinato, justiça, espiritualidade e medo. O tempo passou, eu me afastei daqui, mas mesmo assim eu não esqueci a história. O meu objetivo agora é ter alguma explicação para o que ocorreu-finalizou o vidente.

Mal disse isso, tudo parece mudar. Misteriosamente, O portão fecha-se os trancando por fora Nuvens negras encobrem parcialmente o sol e gemidos podem ser ouvidos na parte interna da casa amedrontando os humanos. Rafael então toma a palavra:

"Calma, Garnian! Perdoe o nosso amigo pela curiosidade. Prometemos nos retirar imediatamente e deixá-lo em paz.

Com um sinal, Rafael chamou Uriel e juntos agarraram os humanos e voaram sobre o muro. Em instantes, já estavam fora. Voltam a caminhar em sentido contrário e então o anjo explica-se:

"Ainda não é o momento, filho de Deus Você não está pronto. (Rafael)

"Eu não entendo. Por quê? (O filho de Deus)

"Não nos pergunte. O melhor agora é fazer isso-Interveio Uriel.

"Está bem. (O filho de Deus)

"Qual o próximo passo, Rafael? (Renato)

"Continuemos a viagem- Respondeu ele.

"Está certo. (Renato)

"Que tenhamos sorte! (Rafaela Ferreira)

"Tomara, gata! (O vidente)

"Estou pronta, Aldivan. Poderia tocar-me? (Bernadete Sousa)

"Estava esperando por isso, minha serva. (O vidente)

Aldivan aproxima-se da apóstola. Carinhosamente, estica o braço e toca desta feita na ponta dos seus dedos. A maciez de sua pele o faz vibrar e ter a visão do seu futuro:

"Bernadete estava tomando um chá em sua residência, encostada numa poltrona na sala de visitas. Com cinquenta anos, passa a lembrar dos principais acontecimentos de sua movimentada vida: A criação dos seus pais, o seu crescimento junto aos amigos da vila de mimoso, a passagem para a adolescência, o estupro, o aborto e a promessa dum jovem que tudo poderia mudar. Animada Por suas palavras, aceitara o seu convite de viajar pelo mundo e descobrira verdadeiramente um pai e um filho dispostos a tudo por ela. Ele demonstrara muito amor e como recompensa dedicara-se ao próximo integralmente num asilo próximo. Além disso, propagara sua mensagem a todo mundo que a conheciam. Através destes atos, descobrira a verdadeira felicidade e tinha certeza de seu acolhimento no reino de Deus quando da sua partida da vida terrena. Encontrara o seu "Eu sou" interno e compreendera o "Eu sou" do pai através do seu filho chamado vidente, Divinha, Aldivan Teixeira Torres, um homem espetacular além de outros adjetivos. O uni-

verso e as forças benignas conspiravam para o seu sucesso e era só isso que podia desejar aquele que transformara sua vida. Bendito seja! Repete internamente. Com um sorriso no rosto, levanta-se da poltrona e vai realizar as tarefas domésticas e cuidar do seu gato Tobit, único companheiro de casa. E a vida continuaria..."

O vidente retira sua mão após a visão anterior. Abraça novamente a apóstola e com um sinal solicita que ela e os seus amigos o acompanhem. O seu silêncio revela muito mais do que se falasse e Bernadete compreende isso. Nem tudo poderia ter resposta e o importante era ater-se ao presente e à missão atual. Em frente, sempre!

O grupo, andando numa boa velocidade, desce do bairro do prado em direção ao centro. Dobram na Avenida Recife, seguem algumas centenas de metros, dobram outra esquina e começam a percorrer a avenida principal do bairro.

Permanecendo no mesmo ritmo, eles completam o trajeto até a rodoviária em quinze minutos. Em frente ao prédio de andar único, eles avançam um pouco e compram as passagens na bilheteria. Após, vão acomodar-se no saguão de espera.

Deste momento até a chegada do ônibus passam-se mais trinta minutos. Um a um, vão entrando no meio de transporte e acomodando-se nos lugares vagos quando todos os passageiros entram, é então dada a partida.

No trajeto curto, a única coisa que fazem é descansar frente a tantas preocupações. Eles sabiam que independente do que acontecesse já estavam de parabéns pelo seu empenho, dedicação e garra às suas causas. Contudo, queriam e sonhavam com mais.

Foi assim que em dez minutos chegam a sua próxima parada: A cidade de Sanharó. Carregando suas pesadas malas, eles descem do ônibus às margens da rodovia e caminham a pé em direção ao centro da cidade.

Com o conhecimento que tinha da cidade, o vidente procura uma pousada que abrigasse a todos. encontram ela mesma, alguns minutos depois. Sanharó mudara pouco desde a época em que trabalhara ali por dois meses como agente administrativo na sede administrativa municipal. Crescera bastante, isto era notável, mas isto não acabara a sensação de um lugar pacato e acolhedor.

Conhecida como cidade do queijo e do leite, o nome provinha de uma espécie de abelha negra, existente no local, significando em vocábulo indígena zangado ou excitado.

Estavam eles ali, em frente à pequena pousada, um prédio simples, estilo chalé, com entrada ampla e asfaltada. Reunindo a coragem restante, eles adentram no estabelecimento, falam com o proprietário e acertam as bases. Após isso, vão relaxar um pouco. Á tarde, novas emoções os esperavam.

Cada qual aproveita o descanso da manhã o melhor possível em seus respectivos quartos, os quais eram equipados com apetrechos de última geração. Alguns dormem, outros assistem televisão, os demais escutam música ou leem livros. Estes momentos raros dentro duma viagem desgastante e instigante eram como um bálsamo para seus corpos fatigados.

Aproximando-se do horário do almoço eles encontram-se novamente e comem juntos. Aproveitam para acertar os próximos detalhes da viagem. Ao final de trinta minutos, decidem sair juntos. O objetivo do vidente era apresentá-los a alguém também especial.

Do centro, eles se dirigem sentido o Sul, andando em círculos pelas ruas do pequeno lugar chegam dois quarteirões depois em frente a uma casa média de alvenaria, cerca de 6 × 14 metros, estilo casa, com jardim e piscina no muro da frente. Eles chegam no portão principal. Batem uma única vez e imediatamente alguém vem atendê-los. Trata-se de um homem de cerca de 50 anos, estatura baixa, barrigudo, corpo não linear, olhos castanhos claros, cabelos pretos e cor branca. Com um semblante de indagação, entra em contato ao chegar mais perto.

"O que querem, senhores?

"Sou eu, Osmar. Não lembra? Trabalhei com você na prefeitura. (O filho de Deus)

Osmar analisa Aldivan por um instante completamente e ao final esboça um sorriso. Como esquecer do sonhador que nos horários de folga do trabalho digitava seu livro por não ter computador? Inúmeras vezes sentira admiração por ele, até então um garoto nos idos do ano de 2007.

Com alguns passos, avança na direção do mesmo e lhe dá um grande abraço. Aldivan retribui e eles vivem este momento de reencontro intensamente. Eram duas almas irmãs e companheiras que perderam o contato pelas circunstâncias da vida.

Ao fim do abraço, Osmar ajeita sua cabeleira que cai aos ombros e retoma o contato:

"E estes, são seus amigos?

"Sim. (Aldivan)

"Os amigos de Aldivan também são meus amigos. Entre, por favor. A casa é vossa. (Osmar)

"Obrigado. (Rafael, em nome do grupo)

Osmar adentra novamente na casa e os outros o acompanham. Passam por uma saleta, um corredor e após penetram na sala de visitas composta por estante, poltrona, cadeiras e mesa, no piso, tapete de couro, nas paredes quadros e outros enfeites, na entrada, cortina persa. Tudo muito bem organizado e de bom gosto.

Eles acomodam-se na poltrona e os que sobram nas cadeiras. Batendo um sino, chama sua empregada que ao chegar oferece aos visitantes chás, suco, refrigerante, cerveja, vinho, frutas, bolo e bolacha. Alguns aceitam, outros não. Quando são servidos, a empregada é dispensada. Osmar e os outros têm a oportunidade de iniciar uma conversa que promete ser decisiva.

"A que devo a honra da visita do sonhador aspirante a escritor em minha casa? (Osmar)

"Eu já não sou mais aspirante, Osmar. Encaro a literatura como trabalho e diversão, já não consigo mais viver sem ela. (O vidente)

"Que ótimo! Fico feliz por você! Estão de passagem? (Osmar)

"Estamos numa viagem rumo ao litoral. A procura de novas histórias. (Rafael)

"Você está convidado também a participar-Disse com firmeza o vidente.

"Eu não sei... Eu me sinto tão confuso. (Balbuciou Osmar)

"Eu sei. Sinto isso. (O filho de Deus)

"Tem algo para nos contar? (Uriel)

Osmar fica estático por um instante. Será que poderia confiar em pessoas que mal conhecia? Em que eles poderiam ajudá-lo? Estas e outras perguntas pertinentes rondavam sua atormentada mente. Numa decisão repentina, resolve arriscar.

"Sim, eu tenho algo a dizer. Mas falem mais de vocês. Como se chamam, belas moças? (Osmar)

"Eu me Chamo Rafaela Ferreira. Sou de Arcoverde e atualmente estou enfrentando um problema grave de depressão.

"Sou a Bernadete Sousa. Provoquei um aborto um tempo após ter sofrido violência. O filho de Deus está me ajudando a enfrentar este momento.

"Prazer. Meu nome é Osmar pontes. Atualmente desempregado, vivo das minhas economias do meu tempo de trabalho.

"Prazer também. (As duas mulheres concomitantemente)

"Desempregado? Você saiu da prefeitura? (O filho de Deus)

"Sim. Tive alguns problemas lá que me obrigaram a sair. Mas estou bem economicamente, não se preocupe. Quando eu alcançar a idade, solicitarei minha aposentadoria. (Osmar)

"Ainda bem. (O filho de Deus)

"E como se chamam, jovens amigos? (Osmar)

"Eu me chamo Uriel Ikiriri, sou o anjo da guarda do Aldivan.

"Eu me chamo Rafael Potester, sou um dos sete espíritos de Deus assim como meu irmão Uriel.

"Meu nome é Renato e sou o principal companheiro de aventuras do vidente. Juntos, somos parte principal da série de mesmo nome que já tem quatro obras.

"Que incrível! Estou pasmo! Seus amigos são fenomenais. Esta série o vidente dará muito que falar. Poderia me falar um pouco de suas obras, Aldivan? (Osmar)

"Foram quatro romances, uma novela, uma coletânea de contos, um livro de sabedoria, dois conjuntos de poesia e um roteiro baseado no meu primeiro romance. Os quatro romances fazem parte da série o vidente. O título um, "forças opostas", é o início da saga. Resumidamente, viajei até mimoso em busca de realizar meus sonhos numa montanha que prometia ser sagrada. Lá, encontrei a guardiã, um ser milenar e detentora de muitos mistérios que me ajudaram a realizar os desafios e ter permissão de entrar na gruta. Com garra e coragem, cumpri todos, entrei na gruta, enfrentei mais obstáculo, venci novamente e tornei-me o vidente, um ser onisciente através de suas visões. Após, saí da gruta, reencontrei a guardiã e com Renato fomos enviados ao Mimoso antigo com o objetivo de corrigir injustiças, ajudar alguém a se encontrar e reunir as "Forças opostas" que se encontravam desequilibradas. Durante trinta dias, fizemos um belo trabalho e retornamos de mimoso mais experientes e vitoriosos. Paramos um pouco por conta de compromissos. Já o segundo título," A noite escura da alma" aborda o seguinte: A vida nos faz viver dias tenebrosos, tristezas que não queremos que fossem reais.

"A noite escura da alma" é a continuação de *"O vidente"*, sendo que o personagem principal, eu, retornei a uma montanha em busca de respostas para um período conturbado de sua vida, momentos que eu esquecera de Deus, dos meus princípios, perdendo-me em pecados. Na montanha, *"O Vidente",* tive contato com dois "seres elevados", que me guiaram ao conhecimento. Contudo, eu era profundamente ligado aos sete pecados capitais e apesar da experiência adquirida, meus problemas não se resolveram, então tivemos que fazer uma jornada à "Ilha perdida", sede do reino dos anjos.

O livro é uma travessia repleta de perigos, piratas, uma grande aventura no mar, trazendo-nos reflexões e questionamentos, ao qual nos perguntamos se seria possível que um criminoso se recupere depois de se afundar completamente na escuridão, e, havendo, ele realmente encontraria a paz por seus crimes? Encontraria o perdão em si mesmo? Acharia a felicidade? Ou seria apenas uma ilusão, uma trégua para uma noite ainda mais escura? Vale a pena conferir.

Com relação ao terceiro romance, intitulado "O encontro entre dois mundos", é uma história que apresenta uma retrospectiva presente e passado. É uma grande jornada que envolve mais uma vez, eu e Renato. Está dividido em duas partes que se situam no passado e no presente respectivamente que buscam mostrar a importância da luta para concretização dos nossos ideais sejam eles quais forem.

Na parte um, viagem a Sítio Fundão ao encontro dum dos responsáveis por uma revolução no passado. Ajudados por ele, nós somos treinados até desenvolver a visão, chave para a visão da história. Quando ficamos preparados, somos submetidos a ela e viajamos até o início do século XX no Nordeste, tempo de opressão, injustiças e preconceitos e de fome. Durante todo o tempo, observamos o exemplo da população lutadora da época, especialmente um grupo que toma parte ativa na trama. Contudo, será que tivemos sucesso absoluto em seus objetivos? Desmascaramos as elites? Ou fracassamos? Ainda será que conseguimos o tão esperado encontro de mundos tão dispares em relação á classes sociais, opiniões, estereótipos e amor? Vale a pena conferir.

Na parte dois, realizamos nova viagem com o objetivo de concluir nossos trabalhos e alcançar o milagre tão procurado. Desta feita, vamos a Carabais procurar um segundo personagem do passado e ao encontrá-lo somos submetidos a um novo treinamento. Quando prontos, a parte dois da história se mostra. Nela, o leitor se deparará com os seguintes questionamentos: até que ponto a questão social atrapalha no sucesso? É viável persistir mesmo depois de vários fracassos? Vale a pena privar-se do amor por conta de preconceitos sem ao menos tentar. Alguém que tem um dom pode considerar-se especial ou isto pode ser loucura. Tudo isto e muito mais você conferirá na história de Divinha, alguém em busca do destino e do sucesso que todos nós merecemos.

Por último, entre os romances, o testamento, é o quarto. A história começa quando Philip Andrews, um auditor da fazenda marcado por uma tragédia, começa a questionar-se o porquê do seu mau destino ficando revoltado e indignado. Por um lance do destino, descobre um livro e um autor e resolve procurá-lo. Ao encontrá-lo com seu parceiro de aventuras decidem fazer uma viagem ao deserto distante onde supostamente encontrariam com Deus e solucionariam seus problemas. A viagem então é realizada, encontrando dois guias no caminho que os levam ao local desejado, deserto de Cabrobó. Passando por dez cidades no deserto, desenvolvem uma conversa gostosa entre si e os convidados respectivos e subitamente Deus começa a falar através dos guias respondendo a questões cruciais. Tudo o que é revelado vai ajudando na elaboração do "testamento", um código dado por Deus e nunca decifrado na história humana e angélica. E, nessa altura? Você acredita que Deus pode revelar-se em situações extremas? Ou é apenas um delírio de todos os envolvidos? Leia então o testamento, um livro destinado especialmente a quem perdeu a fé em Deus, e tire suas próprias conclusões.

O livro de sabedoria apresenta frases de intensa iluminação do pai, o de contos aborda parábolas de fundo moral sobre o reino de Deus e de sabedoria. Os de poesias abordam amor e o sertão do nordeste. Já a novela remonta aos tempos do cristianismo primitivo, tempo de lutas, opressão e perseguição" Finalizou o filho de Deus.

"Massa! Comprarei todos! Depois você me informa os procedimentos. (Osmar)

"Está bem. Obrigado. (O filho de Deus).

"E quanto ao seu problema? Está preparado para revelar? (Rafael)

A pergunta direta faz novamente nosso anfitrião gelar. Estes seus amigos eram realmente atrevidos. Apesar disto, decide denunciar, pois, no momento não tinha a quem recorrer. Que fosse feita a vontade de Deus!

"Sou um homem deplorável, amigos. Entrei a fundo na corrupção corporal e material. Não sou digno de pena! (Osmar)

"Calma, deve ter um jeito, amigo! (Renato)

"O que é impossível aos olhos do homem, é possível a Deus. (Uriel)

"Eu também me sinto assim. Quando meu namorado me deixou, eu me achei a pior das mulheres. (Rafaela Ferreira)

"Quão maior for sua derrota, maior a graça. (Rafael)

"Também pensei que meu caso não tinha jeito nem perdão quando eu abortei. No entanto, pouco a pouco, estou conhecendo melhor um ser chamado Aldivan Teixeira Torres e ele consegue me compreender completamente. Nele, tenho um pai e irmão. (Bernadete Sousa)

Osmar analisa todas as falas dos seus amigos. O vidente seria mesmo a pessoa certa para confiar seus problemas? Será que lhe daria alguma esperança mesmo ele sendo um monstro? Desconhecia este lado fraternal dele quando o conheceu e já que no momento sentia-se desesperado valeria a pena tentar.

"Quem é você, vidente? (Osmar)

"Sou um profundo conhecedor da alma humana e que no momento quer você ao seu lado. Prometo-lhe dedicação às vossas causas. (O vidente)

"Eu não sei... Você não me aceitaria se soubesse que....

As palavras não saem da boca de Osmar tamanho é seu medo e desconfiança no momento. Vendo seu amigo em apuros, o filho de Deus entra em contato.

"Se eu soubesse que você fraudou a prefeitura e que tem preferência sexual por pessoas de faixa etária reduzida? Eu não me importo. Sei apenas que você é um homem doente e que precisa de tratamento urgente. Ofereço o seio do meu pai para transformar sua alma, de trevas para luz. Porque eu não vim chamar os justos e sim os pecadores empedernidos, estes sim, precisam de minha ajuda. (Aldivan).

Osmar emociona-se. Como ele sabia? Como ele poderia entender? Em nenhum momento da sua vida, apareceu ninguém para confortá-lo e apoiá-lo, somente mãos e dedos apontando sua culpa e o julgando constantemente. Realmente, Aldivan não era um ser comum.

"Obrigado. (Osmar)

"E, nessa altura, Osmar? Viajaremos? (Rafael)

"Sim. Vocês me convenceram. Esperem só um pouco. (Osmar)

Osmar levanta-se da poltrona e dirige-se ao seu quarto chegando lá, começa a arrumar suas malas rapidamente. Quinze minutos depois, já está tudo pronto, ele sai do quarto, reúne-se com seus colegas, deixa a administração da casa com os empregados, e finalmente parte com eles. O mundo esperava por suas próximas ações.

Fora da casa, após caminhar alguns metros, o vidente entra em contato novamente.

"Osmar, sugiro que nos apresente um pouco da cultura de sua cidade. Tudo bem?

"Ótimo. Acompanhem-me" Disse ele.

O grupo atravessa a região sul e aproxima-se novamente do centro da cidade. Naquele instante, estavam plenamente concentrados e dispostos a divertirem-se naquela humilde e pacata cidade. Com a orientação do anfitrião, três quadras depois, com várias passagens, eles chegam à casa cultural da cidade. Coincidentemente, nesta tarde haveria apresentação ao público. Eles entram no local, uma casa simples de alvenaria, estreita, mal conservada, mas muito bonita no horário exato do evento.

Com outras pessoas, eles têm a oportunidade de assistir à apresentação dos Bacamarteiros. O espetáculo consiste em movimentos rítmicos desordenados sobre o comando do sargento. O som do xaxado é produzido pelos instrumentos sanfona de oito baixos, a zabumba de couro curtido e o triângulo. Com relação ao vestuário, os integrantes da peça usam roupa de zuarte (Algodão azul), lenço no pescoço e cartucheiras de flandres. Outra curiosidade é que os comandantes usam estrelas nos ombros e no chapéu além de bengalas ou guarda-chuvas.

Em cerca de trinta minutos, eles terminam por ficar encantados com a apresentação que se encerra com disparos de balas. Por sorte, ninguém se feriu. Após, saem do centro cultural e voltam a caminhar nas ruas da cidade.

Com poucos metros, Aldivan entra em contato novamente:

"O que tem mais para nos mostrar de sua bela cidade, Osmar?

"Acompanhem-me, senhores" o Diz.

"Vamos, pessoal" Concordou Rafael.

"Certo" Assentiu Renato.

Os integrantes do grupo acompanham o anfitrião e após atravessar algumas ruas do centro, eles deparam-se com um grande galpão. Chegando mais próximo, e como o portão estava entreaberto, eles percebem que se trata da sede de um grupo musical, pois o galpão estava repleto de instrumentos musicais e bugigangas relacionadas ao meio. Ante o olhar de indagação dos visitantes, Osmar faz questão de esclarecer:

"Esta é a sede da sociedade musical santa Cecília, patrimônio cultural do nosso povo. Por coincidência, está na hora do ensaio deles. Entremos, amigos.

Aceitando o convite, os amigos de Osmar entram na repartição que para muitos era sagrada por conta da música. Como previsto, cinco músicos afinam seus instrumentos, cumprimentam o público presente e iniciam o toque de uma bonita sinfonia. Mergulhando na melodia serena da música, cada um em seu interior sente um pouco da magia do momento. Através do som, podiam enxergar a si mesmos. Rafaela Ferreira sente um alívio de suas dores, Bernadete Sousa sente-se esperançosa, Renato pensa num futuro prometedor, Rafael lembra de sua adoração ao altíssimo, Uriel da sua devoção ao seu protetor, e por último, o mais sonhador de todos, lembra dos obstáculos, dos fracassos, das vitórias e dos amores não correspondidos. Antes de ser "Eu Sou", ele era um humano comum e a música que o representava no momento era o "Eu sem você". Mesmo não tendo nada a ver com a apresentação do momento, era o que lhe martelava a cabeça aumentando suas esperanças de um dia encontrar alguém que realmente o quisesse e o amasse como ele merecia. Estava escrito!

A sinfonia para. Este fato provoca uma chuva de aplausos dos sete amigos. Mostrando humildade, os músicos descem do palco e cumprimentam cada um deles. Apresentam-se, conversam um pouco, citando os seus objetivos. Ali, cada um, era merecedor da mais plena felicidade, pois foi para isto que Deus criara os humanos.

Instantes depois, os músicos retornam ao seu trabalho e os outros decidem voltar para pousada. Consigo, estava incluído o Osmar, um homem desequilibrado e doente o qual estava pagando pelos seus pecados. Ele teria mesmo oportunidades de retomar sua vida? Ou era um caso perdido? Não percam as próximas cenas.

O grupo chega na pousada. Depois dos trâmites para alojar Osmar, eles encaminham-se a cozinha e, chegando lá, com outros hóspedes, servem-se da comida disponível para o jantar. A seguir, são vinte minutos alimentando-se entre conversas e silêncio.

Quando terminam de jantar, começam a realizar outras atividades durante a noite: assistir televisão, contemplar o céu estrelado e por último rezar. Exatamente às dez horas, fruto de comum acordo, resolvem dormir, pois, se encontravam bastante fatigados da viagem. Assim fazem. Cada qual em seu respectivo dormitório, esquece as preocupações e mergulhar em seu próprio mundo de sonhos. Agora, o "eu sou" de cada um deles encontrava-se bastante ativo. Um boa noite a todos e até o próximo capítulo.

Belo Jardim

A noite passa, a madrugada chega, alternando entre bons sonhos e pesadelos para nossos augustos personagens. Logo depois, amanhece, e eles consideram-se sobreviventes. Um por um, levantam-se, tomam seu banho, escovam seus dentes, usam uma roupa limpa e vão tomar café na copa do estabelecimento. O objetivo era estar preparado para a próxima etapa da viagem.

Eles reúnem-se na copa como uma grande família. É servido tapioca, bolo de trigo, bolachas, cereais, iogurte, frutas e suco, conforme a preferência de cada um. Enquanto comem, a conversação rola solta.

"Como está se sentindo amigo, está melhor? (O vidente)

"Sim. Só de estar com vocês, isto me anima. (Osmar)

"Que bom! Conte conosco para tudo. (O vidente)

"Obrigado. (Osmar)

"Qual era sua função na prefeitura? (Renato)

"Eu era um dos chefes do meu setor. Todos os projetos tinham que passar pelo meu crivo. (Osmar)

"Grandes poderes, grandes responsabilidades. Entendo você e nunca aceitaria esta categoria de cargo. (Renato)

"Nem eu. Mas você já me disse que sonha com altas remunerações? (O vidente)

"Sim. Mas não quero ser chefe de nada. Já bastam meus problemas com hierarquia. Trago marcas até hoje dos meus tempos com meu pai. (Renato)

"Está bem. (O vidente)

"Qual era o problema, Renato? (Osmar)

"Ele era muito autoritário e me maltratava diariamente. Então fugi de casa e uma senhora me adotou. (Explicou Renato)

"Sinto muito. Penso que me senti um pouco desse jeito. (Osmar)

"O problema do poder é que muitos humanos se deslumbram com ele a tal ponto que não enxergam mais nada. (Rafael)

"Julgo que isto foi o que aconteceu comigo. (Osmar)

"Então, após passar esta experiência, o que você aconselharia para outras pessoas que provavelmente passarão pela mesma situação? (Bernadete Sousa)

"Quem sou eu para dar conselhos? Mas tudo bem. Eu aconselharia que as instituições fizessem um treinamento completo envolvendo gerenciamento do órgão, problemas práticos, ética e administração. Confesso que me faltou um pouco de eixo e visão diretiva. (Osmar)

"E quanto a seu outro problema, como tudo começou? (Rafaela Ferreira)

"Eu não sei muito bem. Só sei que acontecia. (Osmar)

"Eu o entendo. O pecado é como uma fera que nos espreita diariamente esperando o menor deslize. Se não tivermos uma plena comunhão com o pai, caímos em tentação e pecado. Osmar, Gostaria que eu o tocasse? Assim eu poderia conhecê-lo melhor. (O filho de Deus)

"Tocar-me? Como funciona isso? (Osmar)

"Ele é o vidente e através do toque pode ver nosso passado, presente, futuro sentindo nossos anseios mais íntimos. É como tipo um batizado" Explicou Rafaela Sousa.

"Beleza. Á vontade, amigo. (Osmar)

Aldivan levanta-se, chegando mais perto do seu querido amigo. Naquele instante mágico, sentia que algo importante acontecerá ao friccionar sua pele na do seu parceiro. Quando chega numa distância suficiente, estira o braço e toca em sua barriga tanquinho. Então a história é revelada:

"Osmar é o chefe da repartição financeira do município de Sanharó. Como chefe, é responsável, rígido e autoritário, sendo que estas duas últimas características são mais marcantes. De um início espetacular do comando do setor da cidade, ele começa a cair em contradição e em corrupção. Foram surgindo propostas de burla a lei, e

ele foi aceitando as propinas. A cada deslize seu, as trevas iam consolidando-se e expandindo-se no interior do seu ser.

Numa bela manhã de fevereiro de 2007, dia sete para ser preciso, recebe os mais novos empossados da prefeitura no seu gabinete. Um deles chama-se Aldivan, um aspirante a escritor cujo maior objetivo é conquistar o mundo. Desde que se conhecem, surge uma simpatia mútua entre eles.

Os dias vão se passando. Entre trabalho, atividades sociais e lazer. No trabalho, como chefe compreensivo, permite a digitação do primeiro livro de Aldivan, nos intervalos do trabalho. Como era especial aquele menino, apesar de toda sua humildade ainda confiava num mundo melhor, o que não era seu caso. Permanecia no meio da corrupção, e deixando seu demônio interior agir nas ocasiões em que se relacionava com menores de idade. Eram dois opostos e, em simultâneo, iguais como seres humanos.

Dois meses depois, separam-se, pois Aldivan não estava conseguindo conciliar trabalho, distância e os estudos da faculdade. Era mesmo uma pena, pois quem sabe poderia mudar com a convivência, tendo alguém ao seu lado tão valoroso. Contudo, estava escrito assim.

O tempo passou, os crimes continuaram sendo cometidos, ele foi investigado e descoberto. Além de perder seu cargo na prefeitura, ficou um preso por um tempo. Após ser solto, voltou para casa e começou a viver de suas economias. Como era bastante velho e tendo um bom dinheiro junto, resolveu não procurar mais trabalho e iniciou sua vida solitária, com poucos amigos e empregados. Até que um belo dia, ocorre o reencontro com Aldivan e seu amigo prometendo uma mudança de vida e o perdão do pai. Aceitara o convite duma viagem e ao final esperava colher os resultados. Agora era só esperar".

O vidente retira a mão e com um olhar complacente começa a comunicar-se:

"Estamos aqui para ajudá-lo, Osmar. Não prometemos sucesso e felicidade imediatas, pois isso é uma utopia e sim uma grande dedicação a vossas causas. Aqui, somos irmãos, amigos e cúmplices. Fique à vontade!

"Obrigado, mestre. A partir de agora, serei seu apóstolo mais dedicado. Rumo ao sucesso, irmãos! (Osmar)

"Assim seja! (Renato).

"Bem-vindo à turma! (Rafaela Ferreira)

"Suas dores são nossas dores também! (Bernadete Sousa)

"Conte comigo, humano! (Uriel)

"Que javé pai abençoe este pacto! (Rafael)

"Maktub! Viajaremos que o tempo urge. (Concluiu Aldivan)

Os outros obedecem e dirigem-se aos seus respectivos quartos onde fazem as malas. Com tudo pronto, reúnem-se novamente e saem às ruas. Do centro onde estavam a rodoviária eram quinze minutos a pé o qual é cumprida sem maiores contratempos. Eles esperam um pouco até o ônibus chegar e quando isso ocorre, eles embarcam no mesmo instante.

É dada a partida rumo à cidade de belo Jardim que distava 14,7 km (catorze quilômetros e setecentos metros) em linha reta. Porém, a distância de condução beirava os trinta quilômetros o qual era cumprida em cerca de trinta minutos.

Neste intervalo de tempo, eles aproveitam para conversam e consequentemente fazer amizades com outros passageiros. Ao final do trajeto, verificam a oposição de objetivos e a diversificação de opiniões o que era característico de um estado democrático de direito. Como era bom ser único e cada um tinha consciência disso?

Chegando na cidade, a condução os deixa na rodoviária e de lá eles contratam um táxi que os leva para uma pousada simples e barata. O nome da pousada é céu azul e lá eles cadastram-se, combinam de encontrar-se no pátio principal trinta minutos depois e enquanto isso, aproveitam para descansar um pouco O vidente também dá um telefonema misterioso.

Como combinado, eles reúnem-se no tempo previsto no local designado. Fazem um círculo e então o vidente é o primeiro a tomar a palavra:

"Meus amigos, tenho uma surpresa para vocês. Estão prestes a conhecer uma pessoa fenomenal e.....

Antes que pudesse terminar, Aldivan é interrompido por um barulho de passos em sua direção. Tratava-se de um homem negro e robusto, trinta anos, malhado pelas forças da natureza, pernas, braços e barriga disformes, traços firmes e fortes. Em questão de instantes, ele aproxima-se e coloca-se ao seu lado. Aldivan então explica:

"Este é Manoel Pereira, o popular Maneco, o conheci numa das minhas escapadas num fim de semana fatídico. Encontrei-o na favela, junto de criminosos, comercializando e consumindo drogas. Como está, amigo?

"Na mesma. E você?

"Tornei-me escritor e proponho-lhe uma aliança. (Aldivan)

"Qual? Bom dia, pessoal. Prazer de conhecer a todos. Qual o nome de vocês? (Manoel pereira)

"Meu nome é Bernadete Sousa. Sou de Mimoso e Pratiquei um aborto.

"Sou a Rafaela Ferreira, de Arcoverde, sofro atualmente uma crise depressiva.

"Sou Osmar, de Sanharó, um fraudador e pedófilo.

"Renato, companheiro inseparável de aventuras do vidente.

"Rafael Potester, anjo de primeira grandeza.

"Uriel Ikiriri, anjo guardião do vidente.

"Quero transformar sua vida através da minha força e a do meu pai. Nós ainda acreditamos em você. (O filho de Deus)

"Como? Eu não tenho mais vida. Tudo em mim gira em torno da droga, da criminalidade, da perversidade e da falsidade. Eu não sou mais humano, eu sou um demônio" Lamentou Manoel Pereira.

"Conheço toda sua vida e seus sentimentos e digo que há ainda uma esperança. Garanto que tudo o que você fez ficará para trás se você entregar com confiança seus problemas a mim. Basta dizer sim e o Deus do impossível agirá. (Aldivan)

Manoel Pereira pensa um pouco. O que estava dizendo aquele maluco? Ele não era o pobre rapaz indefeso que tentara assaltar uma vez na favela? Não fora ele que pedira clemência quando estava em suas mãos fazendo-o compadecer-se de sua miséria? Como agora ele podia o ajudar? Com que autoridade dizia isso?

Com um ar de desdém, indaga:

"O que tem para me oferecer?"

"Quero mostrar um novo mundo, ao lado de pessoas com problemas também, e juntos poderemos descobrir o que Deus requer de nós. A chave do sucesso é a união e a compreensão e não acharás isto em lugar algum. O mundo só te oferece vício, corrupção, desordem, morte enquanto eu, meu pai e meus amigos oferecemos vida, felicidade, conhecimento e primeiro amor. O amor que nunca experimentou. (O filho de Deus)

As palavras de Aldivan serviram como alerta! Ele realmente estava certo. O mundo não lhe oferecera nada de bom e já que não via nenhuma saída milagrosa, decide.

"Está certo. Quando começamos?"

"Agora mesmo. Onde estão suas malas? (Aldivan)

"Não tenho nada. Roubaram-me tudo. (Manoel)

"Empresto a você algumas roupas. Não se preocupe. (Osmar)

"Obrigado. (Manoel)

"Eu também. Não faltará nada a você. (O vidente)

"Beleza. (Manoel)

"Bem-vindo. (Renato)

"Você tomou a decisão certa. (Rafaela Ferreira)

"Eu e meu irmão o protegeremos de tudo. (Rafael)

"Que Deus o ilumine. (Uriel)

"Sugiro um passeio, com nosso amigo como guia. (Bernadete Sousa)

"Claro, à vontade. (Manoel)

"Então vamos. (O filho de Deus)

Todos obedecem, encaminham-se a saída, ultrapassam a porta como obstáculo e ganham as ruas. O que os esperava naquela bela cidade agreste?

Na favela

Os integrantes do grupo começam a caminhar pelo centro, em direção à região sul. No momento, o trânsito é regularmente intenso com carros indo e voltando todo o tempo. Eles atravessam uma, duas, três avenidas e a cada passagem tem grande dificuldade de passar mesmo no sinal vermelho. Mesmo assim, enfrentam tudo com grande disposição.

O que os movia? Entre os principais motivos estavam o companheirismo, a amizade, a sede de conhecimento e a caridade mútua. Isto acontecia, pois, eram mais que irmãos, eram companheiros de toda hora, constituindo-se na equipe da série o vidente, a maior série da literatura de todos os tempos a qual estava na quarta etapa.

Tudo o que viveram atrás estava servindo de alicerce para o momento atual em que a dedicação e a fé eram as principais vertentes. Poderiam fracassar? Sim. Mas eles não deixariam o medo ser maior que a garra e a esperança. Poderiam perder, mas não antes de ter tentado.

Neste exato instante, o grupo era formado pelo filho de Deus, por seu companheiro Renato, pelos dois Arcanjos, uma depressiva, uma mulher que provocou aborto, um pedófilo e um drogado. Toda a escória humana achava-se presente e repousava continuamente no seio de Deus a espera de respostas. E eles avançariam ainda mais.

De cabeça erguida, eles atravessam mais uma avenida, e seguem na Rua Humberto Siqueira, no bairro boa vista. Ao final da rua, tem uma pequena favela composta de algumas casas.

Manoel os leva até o ponto, onde consumia e traficava drogas. Por sorte, no instante que chegam não há ninguém. Ele então entra em contato.

"Aqui é meu reduto de solidão e desgraça. Sabe o que é lutar e sofrer em simultâneo? Era assim que eu me sentia quando ajudava a propagar a droga para pais de família.

"Sei disso, irmão. Considere isso tudo um passado que não retornará mais. Eu e meu pai estamos de braços abertos para acolhê-lo. (O filho de Deus)

"Eu queria tanto acreditar, mas......(Manoel)

"Tem dúvidas? É compreensível. (Rafael)

"Não duvide. Aldivan é capaz do que fala. Digo isso porque o conheço desde que ele era apenas um bebê. (Uriel)

"Posso falar da minha experiência ao seu lado. Conheço-o faz cinco anos e em nenhum momento percebi maldade nele. Se existe alguém confiável, este ser chama-se Aldivan Teixeira, o ódio, o egoísmo, a vaidade, a falsidade, a ira, o orgulho, a luxúria são desconhecidos para ele. (Renato).

"Conheci Aldivan e os outros em Arcoverde, na catedral do livramento. Na minha dor, percebi o grande coração dele, apesar de no primeiro momento eu ter recusado a aceitar isto. (Rafaela Ferreira).

"Eu já conhecia Aldivan há algum tempo. Quem não sabe, na região, das peripécias do vidente? Ele tornou-se um símbolo de persistência e garra para todos. Aldivan, mesmo em sua grandeza, mostra seu maravilhoso coração em nos acolher como amigos. Ele age assim, pois sabe muito bem o que é a miséria humana por sentir em sua própria pele. Tem minha confiança. (Bernadete Sousa)

"O que me lembro de Aldivan, da época em que nos conhecemos, era sua dedicação e força em seus objetivos. Um grande sonhador que nunca se desesperou por ainda não ter alcançado o patamar merecido. (Osmar)

"Está vendo, irmão? Não temais. Tudo ficou para trás e meu único objetivo é vê-lo feliz, livre de vícios. Aceita-me? (O filho de Deus)

"Sim. Quero ser seu apóstolo e com isso conhecê-lo melhor. (Manoel Pereira)

"Muito bom! Permita então que eu veja um pouco através de você. (O filho de Deus)

"Á vontade, mestre. (Manoel Pereira)

Aldivan dá alguns passos e chega ao lado de seu instante do toque, o mundo parece parar. Surge então a visão:

"Manoel nasce numa família de classe média residente no centro de Belo Jardim. Desde pequeno, seus entes queridos o receberam de braços abertos, dando-lhe toda assistência material e carinho também. Pouco a pouco, o menino foi crescendo a olhos vistos. Começou a andar, a fazer as primeiras traquinagens, a ser inserido no meio

social. Suas características era a de um menino educado e tranquilo, mas bastante curioso. Este último adjetivo era que o movia todo tempo. Seria sua perdição ou salvação?"

O vidente retira a mão. Ainda não chegara o momento das revelações. Com um sorriso no rosto, comunica-se com seus colegas:

"Está tudo bem agora. Sairemos daqui. Que lugar sugere para visitarmos no município, Manoel?

"Deixem comigo. Acompanhem-me! (Manoel Oliveira)

Da favela onde estávamos, voltamos no mesmo sentido via centro e algum tempo depois chegamos no entroncamento principal da cidade. Ao fim de uma das avenidas, alugamos um carro com quinze lugares disponíveis e Osmar dá as coordenadas do destino: A espalhadeira.

O carro dá a partida. Do centro, pegamos a estrada principal e após um bom tempo circulando na cidade, pegamos uma estrada de terra. A partir daí, a velocidade diminui por conta da precariedade da via. No percurso, descemos a ladeira do Muquém, passamos próximo à serra da Jacinta, a ladeira do araçá, o Sítio Flexeiras e ao chegar perto da pedra do Caboclo, Manoel dá sinal para que o carro pare. Descemos do automóvel e orientados pelo nosso guia andamos um percurso a pé. O percurso é de subida o que exige bastante de nossos corpos frágeis.

Cerca de vinte minutos depois, estamos ao lado dum ponto turístico de Belo Jardim, a grande pedra do Caboclo. Manoel aproxima-se dela, faz sinal para o acompanharmos, sentamos na mesma e ele conta-nos uma história:

"Este é um lugar especial para mim. Meus pais costumavam trazer-me no fim de semana para aqui e num destes fiz a promessa de que seria um homem de bem. Pena que ainda não consegui cumpri-la.

"Meu lugar especial era qualquer lugar com o meu namorado. Prometemos amor eterno um ao outro. No entanto, ele não foi correto comigo" Revelou Rafaela Ferreira.

"Meu lugar especial era na minha casa, junto da minha família. Contudo, quando mais precisei, eles me viraram as costas. (Bernadete Sousa)

"O lugar de que gostava era do meu trabalho. Entretanto, nem tudo sai como nós imaginamos. (Osmar)

"O meu lugar sagrado é na montanha do Ororubá. Com a minha mãe adotiva e com o apoio do meu parceiro vidente, tornei-me um jovem realizado. (Renato).

"O meu lugar é Junto ao pai. Mostrando seu grande amor pela humanidade, ele me enviou aqui para auxiliá-los. (Rafael)

"O meu local preferido é na cama do vidente, onde posso embalar seus sonhos e abraçá-lo Comigo, ele estará sempre protegido e amado. (Uriel Ikiriri)

"O meu local preferido é qualquer lugar reservado onde posso falar com meu pai. É nestes momentos que sinto o seu grande amor, dando-me combustível para continuar. (O vidente)

"Você fala com Javé? Então fala para ele que quero uma última oportunidade. (Manoel Pereira)

"Eu não preciso falar com ele para ele perceber isso. Ele sabe de tudo. Como disse, basta você ter confiança do meu nome e em nosso amor por você. (O vidente)

Manoel pereira analisa rapidamente as palavras do seu mestre, concluindo no final que fora realmente um tolo. Deus estava com tudo planejado e o sinal disto era o reencontro com o jovem estranho que no passado fora sua vítima. A vida e suas coincidências. Ela já dera tantas voltas que não se surpreendia com mais nada. Resolve tentar.

"Então me conheça melhor e ensina-me, filho de Deus! Cubra-me com sua luz as trevas do meu entendimento.

"Eu quero. (O filho de Deus)

Dito isto, o vidente levanta-se um pouco e fica ao lado do seu apóstolo. Com olhares de cumplicidade, ele toca levemente nas suas mãos a qual outrora lhe serviria de instrumento de maldade. Tem uma leve visão:

"Manoel Cresceu. Começou a frequentar a escola, atos sociais e religiosos, a ter passeios, a trabalhar em algumas tarefas domésticas. Era um exemplo de conduta invejável, fruto dos esforços dos pais. No entanto, como dito antes, era curioso e inquieto. Na escola, teve contato com crianças mais velhas e estas lhe apresentaram ao mundo do sexo, bebida e drogas em geral muito cedo. Isto terminou

chegando ao conhecimento dos pais que por não saberem o que fazer o retiraram da escola e o trancafiaram em casa. Isto gerou a primeira frustração na vida do garoto".

O vidente retira a mão. Neste exato instante, o chão treme, o céu azul nubla e escurece e num momento era como se eles estivessem paralisados. Do lado esquerdo, surgem três anjos poderosos com asas negras, do Lado direito, também três guardiões fortemente armados. A cada instante que se passava e que se aproximavam, as forças opostas e a noite escura da alma entravam em grande choque.

Não havia saída e a batalha era inevitável com os humanos correndo risco de vida. Foi aí que o filho de Deus, inspirado pelo espírito santo, pronunciou a seguinte oração: *"Eu te chamo, ó javé, para a ação. Eis que seus filhos estão em uma emboscada, onde fortes inimigos espreitam para atacar. A única salvação possível provém de ti. Javé, meu pai. Vos que libertastes o teu povo da escravidão, que fez a virgem conceber e que reenviou seu filho à terra. Eu te peço pelos merecimentos dos santos, do meu irmão superior e dos meus próprios. Eu te peço pelo teu grande amor."*

Mal acabou de pronunciar a oração, os anjos e guardiões perderam imediatamente sua força. Retornaram então a seus mundos permitindo o movimento dos humanos. Rafael Potester e Uriel Ikiriri os agarraram e voaram dali em direção ao carro. Estavam salvos. Entram novamente no veículo e então é retomada a partida rumo a espalhadeira. Estavam bem próximos.

Eles dobram a esquerda. Logo mais à frente, param novamente mais uma vez diante da adutora das tabocas para tirar algumas fotos. Feito isto, retomam a viagem. Um tempo depois, o carro para, pois não havia como prosseguir a viagem. Eles continuam a pé e um pouco mais à frente, atravessam uma passarela nas corredeiras do rio tabocas e chegam num bar onde fazem um lanche rápido. Após, seguem a trilha até chegar nas corredeiras.

O grupo reúne-se às margens da espalhadeira. Um lugar encantado, confluente do destino, com suas pedras, poços, águas e formações naturais. Diante daquela maravilha, restava a admiração crescente por um Deus incrível. Um Deus que os considerava filhos.

O vidente, após beber um pouco da água do riacho, começa a ensinar:

"Chegamos a um dos pontos mais lindos do mundo. A natureza é sábia e o criador dela também. O que devemos apreender disto é a essência de ser feliz, que só é alcançada com muito esforço e com disposição para arriscar. Estão preparados?

"Creio que sim. Desde que te conheci, eu venho me esforçando em aprender o caminho de Deus. (Renato)

"Estar ou não estar pronto é questão de preparação. No mundo dos espíritos, o mais respeitado não é só o mais forte e sim o mais sábio e puro de coração. (Rafael).

"E certamente guiados por sua sabedoria chegaremos lá. (Uriel)

"Eu também creio. Estou aprendendo um pouco de todos vocês, o que me traz muitos benefícios. Com fé, chegaremos lá. Fora, depressão! (Rafaela)

"Não temos alternativa senão arriscar. Espero que dê certo. (Bernadete Sousa)

"Meu amigo me impressiona cada vez mais. Estamos juntos! (Osmar)

"Vocês são incríveis! (Felipe, o motorista)

"Mestre, eu acredito em você e sinto-me preparado para um novo estágio. A natureza daqui é realmente linda e sempre me inspirou quando criança. Por isto, toque-me e desvende meus segredos." Eu sou" todo seu. (Manoel Pereira)

O vidente emociona-se com a disposição e garra dos seus comandados. Quem diria que aquele jovem cheio de problemas, de misérias e de indiferenças venceria? Era realmente maravilhoso o que Deus fizera em sua vida e como contrapartida, retribuiria com amor junto ao universo. Agora, ele estava ali, com seus apóstolos, amigos e irmãos. Um parceiro de aventuras, dois arcanjos, uma depressiva, uma mulher que provocou aborto, um pedófilo, um drogado e um acompanhante, os quais eram simplesmente ignorados, desprezados e pré-julgados pelo restante da humanidade. No entanto, ele e seu pai eram diferentes. Os amava como aos outros, resolvera lhes dar uma oportunidade e eles estavam revelando muito amor porque a quem é muito perdoado alegra-se completamente.

Com um sorriso discreto, aproxima-se de Manoel e o ficar ao seu lado, a toca no braço após um rápido cruzamento de olhares cúmplice. Eis então a visão:

"**Manoel continuou levando sua vida em frente. Com o tempo, o então jovem tornara-se adulto e consequentemente recuperou a confiança dos pais. Retomou os estudos e as atividades sociais normalmente. No entanto, a experiência anterior não servira de lição. Voltou ao mundo das drogas e consequentemente a criminalidade. Quando os fatos chegaram ao conhecimento dos seus pais, ocorreu uma nova decepção e uma decisão drástica. Resultado: Foi expulso definitivamente de casa, ele começou a morar nas ruas, mas não tinha do que reclamar. Ele abusara dos seus entes queridos."**

O vidente afasta o braço e imediatamente comunica-se com seu apóstolo.

"Sei tudo o que aconteceu. Existe um ditado que diz que errar uma vez é humano e uma segunda vez é burrice, mas não concordo com ele. Compreendo você e darei quantas oportunidades você necessitar para que alcance a recuperação completa. Faço isso porque eu e meu pai vos amamos.

"Eu não sei como agradecer a você e aos outros. Hoje, posso dizer que tenho perspectivas. (Manoel)

"Que bom! Não me agradeça. Você merece muito mais. Bem, está na hora de irmos. Estou com fome e quero almoçar. Que tal se passarmos no bar novamente? (O filho de Deus)

"Eu aprovo. (Manoel)

"Eu também estou com fome. E vocês, pessoal? (Renato)

"Sim. (Os outros concomitantemente)

"Então vamos" Decidiu o vidente.

Comandados pelo filho de Deus, Anjos e humanos deixam a espalhadeira e começam a fazer o caminho de volta rumo ao bar. Como o trajeto é curto, requer pouco esforço e tempo dos presentes.

No local, um bar típico do sítio, caracterizado por pouco espaço, mesas de madeira, vão único com prateleira e balcão, eles acomodam-se e analisando o cardápio pede macaxeira com charque.

Esperam um pouco entre conversas e risada. Quando a comida é servida, iniciam a alimentação intercalada com a mesma interação anterior.

"O que estão achando da minha querida Belo Jardim? (Manoel)

"Estou gostando muito. A área urbana é bem movimentada e a zona rural extensa e bela. Você conhece a minha cidade, Arcoverde? (Rafaela)

"Sim. Algumas vezes fui para lá. É um polo do sertão. Estão de parabéns. (Manoel)

"Obrigada. Idem. (Rafaela Ferreira)

"Moro em Mimoso e posso dizer que amo a área rural. Nosso Nordeste é mesmo belo. (Bernadete Sousa)

"Sim, amiga. Cada pedacinho deste Brasil é realmente notável" Concordou Manoel.

"Temos que nos valorizar, a nossa cultura e toda a diversidade existente. Tudo o que existe é de responsabilidade do meu pai e nossa. (O filho de Deus)

"Como são seus mundos, Rafael? (Indagou o curioso Renato)

"O mundo espiritual é um complexo de infinitas dimensões que não pode ser descrita em palavras. Só desencarnando para ver e eu penso que você não quer que isto aconteça tão cedo. (Rafael)

"Com certeza. Ainda tenho muito para viver. (Renato)

"O que importa parceiro é nosso mundo e o presente. Com ele, construímos o nosso futuro "Ensinou o filho de Deus.

"Está bem! (Renato)

"Sábias palavras. Nem parece o sonhador que conheci no trabalho. Está mais maduro" Observou Osmar.

"Sim. Mas não deixo de ser sonhador, pois não se vive sem sonhos. E que Maktub! (O vidente)

"Este é meu protegido" Disse Uriel.

A conversa continua animada até o término da refeição. Após, eles pagam a despesa no bar, reúnem-se e decidem partir de imediato. Saindo do bar, eles pegam a trilha principal e logo adiante, mil e oitocentos metros, atravessam novamente a passarela. Do outro lado, adentram no carro estacionado e seguem o caminho rumo à cidade. Novas aventuras o esperavam na volta.

O percurso total de quase trinta quilômetros é cumprido em um tempo razoável. No caminho eles tiveram tempo para conversar, brincar, admirar a paisagem e interagir entre si. A cada instante, eles estavam mais entrosados e convictos do que queriam. Já eram uma grande família.

O carro estaciona diante da pousada. Eles descem, pagam o frete e despedem-se finalmente do amigo de aventura Felipe. Ele faz a volta e começa o retorno para casa. O mesmo continuaria seu trabalho de motorista o qual era seu sustento e os outros prosseguiriam em seus sonhos de encontrar a paz, a felicidade e a si mesmos. Conquistar o mundo era o futuro de todos.

Da saída do carro, dirigem-se à pousada e em alguns instantes adentram no estabelecimento. Como é início de tarde, percebem que o movimento é fraco. Os visitantes aproveitam para arrumar as malas, descansar um pouco, tomar um banho, pagam a hospedagem, despedem-se dos outros hóspedes, dos proprietários e finalmente partem em direção ao ponto de lotação. O próximo destino já estava determinado.

De onde estavam partem para uma região há três quarteirões, em cujas proximidades ficavam as autolotações. No caminho, enfrentando um trânsito movimentado, caminham em frente por diversas vezes, e atravessam nas esquinas e cruzamentos com o maior cuidado. O vidente era o comandante de tudo e com sua experiência orientava os demais. Apesar da importância do tempo, o que eles não poderiam ter era pressa. A paciência, a dedicação, a determinação, a simplicidade e o otimismo eram as virtudes necessárias no exato momento.

Eles finalmente chegam e como são muitos eles lotam o carro imediatamente. Quando todos se acomodam no veículo, um carro azul ano 2010 com 12 lugares, o motorista dá a partida. Seriam dezesseis quilômetros até a cidade de Tacaimbó, um lugar desconhecido para a maioria deles. Contudo, o medo era menor que a disposição e curiosidade do grupo. Avante, guerreiros!

Sem maiores problemas, eles chegam na metade do percurso. Neste ponto, Renato pede parada por motivos fisiológicos. Enquanto ele satisfaz seus desejos num matagal próximo, é motivo de piada entre os colegas de viagem.

"O que Renato comeu, minha gente? (Rafaela Ferreira)

"O que nós comemos. É normal sentir-se indisposto após alguns dias de estresse. (O vidente)

"Sei disso. (Rafaela Ferreira em risos)

"Ainda bem que não fui eu. Não ficaria bem para uma dama. (Bernadete Sousa)

"Concordo. Os homens são mais rudes e aguentam humilhação. (Osmar)

"Nem sempre, amigo. (O filho de Deus)

"Está lembrando de algo, filho de Deus, que queira compartilhar? (Uriel Ikiriri)

"Uriel, meu amigo Uriel, você adivinhou. Lembrei da minha época de estudante, uma viagem a Salvador, cerca de vinte horas no total de ida e volta. Penso que foi na volta que passei mal. Aproveitei que paramos próximo a um posto, eu estava sem papel higiênico na bolsa, e envergonhado, falei com um dos meus colegas de viagem que me emprestou. Saí então do ônibus, fui ao posto e auxiliado por um dos guardas locais dirigi-me à toalete. Em meio a dificuldades, satisfiz as minhas necessidades, quase fiquei preso no banheiro, mas venci. Voltando ao ônibus, tive que aguentar as risadas de todos. É o que está exatamente se passando com meu parceiro Renato e o compreendo completamente" Finalizou o filho de Deus.

"Eu queria estar lá. Muito engraçado. (Manoel Pereira)

"Engraçado para quem presencia e humilhante para quem é o alvo das gozações. Sinceramente, eu não entendo os humanos. Não há nada de extraordinário em satisfazer as necessidades do corpo. (Rafael

"Se você que é um Arcanjo não compreende, muito menos conseguiremos, meros mortais. Terei em prazer em ensiná-lo também, companheiro Rafael. (O filho de Deus)

"Eu e meu exército estamos às suas ordens, honorável sonhador. Você manda. (Rafael)

"Obrigado. Veem meus amigos? Temos tudo para vencer. Meu pai e seus servos estão ao nosso lado mais uma vez e mesmo que tudo pareça impossível ou loucura tenho algo a dizer. Somos vencedores naquilo que buscamos. Neste caminho que estamos traçando, como qualquer outro, venceremos e perderemos e ao perdermos teremos a oportunidade de analisar friamente cada passo dado. Isto irá nos fortalecer e nos tornar verdadeiros campeões diante daquilo que acreditamos. Eu não garanto uma utopia, eu garanto a vocês, apóstolos, amigos, companheiros, protetores, leitores, uma dedicação completa a suas causas e um amor sem igual que só o pai pode dar. Estamos juntos? (O filho de Deus)

"Sim. (Os presentes no carro)

"Vocês são evangélicos? (Indagou martírio dos santos, o motorista)

"Não. Não se preocupe conosco. Somos uma turma meio desbocada mesmo. (O filho de Deus)

"Entendi. Tudo bem então" disse ele conformado.

Um minuto depois, Renato chega. Alguns seguram o riso e outros se mantêm sérios. É retomada a viagem rumo a Tacaimbó. Como dito anteriormente, restava a metade do percurso. Como era um trajeto curto, a previsão é de que cumpram em dez minutos.

Eles chegam no tempo previsto. A pedido de todos, o motorista os deixa nas proximidades dum hotel da cidade. Após os trâmites normais, eles despedem-se, pagam o frete e dirigem-se ao edifício que abrigaria seus corpos fatigados pelo restante do dia.

Com alguns passos, eles têm acesso ao pátio principal, aproximam-se e conversam com o recepcionista no balcão. Ao final, terminam por alugar três quartos: um para os anjos, outro para as mulheres e outro para os homens.

No balcão são entregues as chaves, eles combinam de encontrar-se pouco depois no mesmo local, e enquanto isso se dirigem aos quartos onde tentariam descansar. Chegando lá, dividem o tempo de duas horas programado entre tomar um banho, escutar música, assistir televisão, ler um livro e deitar um pouco.

O grupo estava vivendo um momento de euforia e descontração, pois tudo estava ocorrendo muito bem. Isto se devia ao empenho e fé de todos. O que buscavam realmente ao final desta grande aventura? Podia se dizer que tentaram achar o ponto de encontro de suas próprias vidas, o "Eu sou" que cada um possuía e que o bendito Jesus ousara declamar no passado.

Após o tempo previsto, saem dos quartos e cumprem religiosamente o acordado reunindo-se no pátio extenso bem decorado (Quadros, cortinas, esculturas, cartazes de orientação entre outros) e com amplos móveis a exemplo da escrivaninha comunitária, a bancada dos computadores bem no centro e do lado direito, um acolchoado amplo onde todos se acomodam. Por sorte, estavam sozinhos e então o contato entre eles ocorrem livremente.

"Meus amigos, estava lembrando dos desafios anteriores. No primeiro episódio da minha série, o que me marcou foi o encontro com a guardiã, a jovem, o fantasma, o menino que agora se tornou num jovem lindo chamado Renato, Dona Carmem, Christine, o Major e o injustiçado Cláudio entre outros. Na segunda etapa, a guardiã novamente, o hindu, Renato, a sacerdotisa, o capitão Jackstone e sua esposa, todos os piratas, os pecados capitais e o desafio grandioso de enfrentar minha" Noite escura da alma" mais uma vez. Na terceira etapa, uma volta ao passado, tempo dos meus avós, duas figuras místicas seculares, e o confronto entre as duas épocas Tudo me mostrou ser possível alcançar "O encontro entre dois mundos" e novamente fui feliz. No quarto episódio, abri as portas de salvação para o mundo ao revelar Javé, meu pai, e sua verdadeira personalidade. O objetivo era recuperar Philip Andrews, um auditor fiscal do estado, marcado por uma grande tragédia. Com ele, acredito ter transformado a vida e as concepções de muitas pessoas carentes de amor e dum Deus verdadeiro. Agora, estamos aqui, percorremos quatro cidades e já vivemos bastante emoção. Como vocês estão encarando tudo isto? (O filho de Deus)

"Obrigado por me tratar como peça importante em sua série. Mais do que amigos, somos parceiros. Quanto à questão atual, aproveito cada instante para aprender com você e com nossos amigos. Estou ficando mais seguro e convicto do que quero e tenho certeza que o futuro nos reserva o sucesso merecido. (Renato).

"Assim seja, irmão" Animou-se o filho de Deus.

"Posso falar que nunca me senti tão bem como agora. Pela primeira vez, ninguém aponta o dedo para me julgar pelo fato de eu ter abortado. Estou entre amigos. (Bernadete Sousa)

"Já estou aprendendo a controlar meus medos e conviver com as minhas dores. A doença depressiva que carrego não é mais influente. Sinto que a qualquer momento poderei voar. (Rafaela Ferreira)

"Eu não me sinto mais sujo. Aqui, com vocês, sou um ser humano como qualquer outro e busco a felicidade. Acredito em você, filho de Deus! (Osmar)

"Aldivan conseguiu fazer comigo o que ninguém fez antes: perdoar-me mesmo que no passado eu tenha lhe feito mal. Por seu coração, ele é um gigante e nesta oportunidade quero aproveitar de sua presença e aprender. Quem sabe eu não me torne um ser humano melhor. (Manoel Pereira)

"Está vendo, Aldivan? Você já alcançou o apoio dos seus amigos. Aquele a quem o mundo renegou, acredita em você. (Uriel)

"Eu só tenho a agradecer a todos. Vocês, meus leitores, minha família, conhecidos, vizinhos, colegas de trabalho e até a humanidade inteira podem sentir abraçados por mim, o filho de Javé. Aqueles que crerem no meu pai e no meu poder do meu nome não ficará desapontado. (Aldivan)

"Fico mais convencido da sua importância. Nos dois mundos, não há ninguém tão especial. Por isto, és merecedor do título de Filho de Deus. O meu exército e o dos outros arcanjos estão a sua disposição. (Rafael)

"Obrigado, eu precisarei, Honorável Arcanjo. O caminho está apenas no início e o inimigo não ficará de braços cruzados. No entanto, não temerei mal algum, pois caminho à sombra do meu pai, o onipotente, e sou amado por seus servos. Bem, que tal irmos fazer um lanche? (O vidente)

Os demais assentiram. Um a um, levantam-se do acolchoado e dirigem-se a copa. Em alguns instantes, eles já chegam no ambiente, com passos firmes e seguros. A copa é formada por um balcão onde estão dispostos por atendentes, mesas dispostas no centro, esquerda e direita do espaço disponível, e o local do autosserviço onde estão dispostas as iguarias disponíveis em bandejas. Os integrantes do grupo com outros hóspedes fazem uma fila e vão preenchendo seus pratos de acordo com sua preferência alimentar. Para o lanche da tarde, temos bolo de vários sabores, pães, bolachas, doces, cereais, leite, café e chá.

Á medida que vão aprontando seus pratos, escolhem uma mesa para sentar ao redor dela. Como são várias pessoas, é necessária outra mesa de modo que todos se acomodem. Após, começam a se alimentar.

Durante cerca de vinte minutos, num clima de paz, aconchego e tranquilidade, os presentes interagem entre si com bastante animação. Eles já se consideravam uma grande família mesmo sem ter o mesmo sangue, pois estavam unidos por um objetivo comum, o de encontrar respostas em relação à sua situação e conhecerem melhor a si mesmos. O "Eu sou" de cada um deles estava cada vez mais desperto.

A refeição termina. Ao final dela, eles fazem uma reunião rápida entre si e o vidente os convida para um passeio. Sem pestanejar, a concordância é unânime por conta da confiança irrestrita a qual nutriam por ele. Tomada a decisão, eles saem da copa, atravessam vários compartimentos do hotel até que alcançam a saída. Daí, começam a percorrer as ruas sentido centro-norte.

Tacaimbó era uma típica cidade interiorana. Com uma área de 227,586 km² tinha uma população de cerca de treze mil habitantes. Seu índice de desenvolvimento humano atual é 0,554 o que reflete sua baixa qualidade de vida oferecida aos moradores. Dista cento e setenta quilômetros da capital.

Por ser uma cidade pequena, o movimento de pessoas e veículos é baixo mesmo sendo praticamente três horas e meia da tarde, um dos horários de pico. Este fato agradava à maioria dos que estavam ali.

O grupo continua caminhando. Atravessam todo o centro e chegam à região norte da cidade rapidamente. Daí encaminham-se ao extremo desta região, local de destaque, conhecido como centro de estudos do espaço.

De onde estavam, cerca de quinhentos metros de distância, já podiam ver o imponente prédio composto por dois andares, com duas entradas térreas, ladeado por grades de segurança, escadas de acesso ao segundo andar pela lateral, janelas dispostas em várias posições no térreo e no segundo andar, uma câmera central em forma oval. Provavelmente, este último seria o centro de observação dos astros.

Eles apressam o passo, seguindo na última avenida. A cada instante, a expectativa aumentava entre eles, pois nunca visitaram nenhum local semelhante. O que os esperava? Quais eram as pretensões do vidente ao trazê-los ali? As dúvidas pairavam no ar.

Independentemente de qualquer coisa, estavam decididos e continuariam firmes em busca dos seus anseios. Iriam até o fim da aventura e tinham certeza que o conhecimento almejado revelara-se gradativamente aos mesmos.

Com esta certeza em mente, avançam mais e algum tempo depois já se encontram diante de um dos portões de entrada. Imediatamente, tocam a campainha. Cinco minutos depois, um homem alto, loiro, trinta e cinco anos, corpo definido, pele tratada, usando camiseta branca, boné, óculos de sol escuros o que lhe dava um certo charme, sandálias e bermuda, mostrando suas pernas firmes e grossas, aproxima-se.

Com estes atributos e esboçando um belo sorriso demonstrando sua simpatia, ele chega junto aos visitantes e entra em contato.

"Oi! Meu nome é Robson Moura, quem são vocês e o que procuram?

"Meu nome é Aldivan e estes que me acompanham chamam-se Renato, Uriel, Rafael, Rafaela, Bernadete, Osmar e Manoel (Apontando para cada um deles), somos turistas e viemos conhecer um pouco deste importante observatório.

"Maravilha! Entre, então! A casa é vossa" Disse o anfitrião, abrindo o portão.

"Obrigado (Aldivan).

Eles ultrapassam o portão, caminham um pouco numa estrada de terra, adentram no prédio e sobem até o segundo andar. Chegando lá, eles encontram-se num ambiente totalmente desconhecido, repleto de parafernálias tecnológicas. Fazendo o papel de anfitrião, Robson vai mostrando a importância de cada coisa ali e os visitantes ficam deslumbrados.

Em dado instante, Aldivan entra novamente em contato.

"Robson, tem outro motivo que nos trouxe aqui. Estamos à procura de alguém como você para integrar nosso grupo na viagem que estamos fazendo. Aceita?

"Por que eu? Qual o objetivo? (Indaga Robson)

"Quero reunir pessoas dos mais variados segmentos. Quero mostrar para elas a essência da vida e responder as suas mais profundas indagações. (Aldivan)

"Compreendo. Mas ainda não estou convencido. (Robson)

"Pode confiar, Robson. O filho de Deus é a pessoa mais apropriada para acompanhá-lo. Sinta-se feliz com seu convite, pois são poucos que tem esta oportunidade. (Renato)

"Eu também tinha minhas dúvidas quando o conheci na catedral do livramento em Arcoverde. Contudo, com o passar do tempo, percebi que fiz a escolha certa. (Rafaela Ferreira)

"Conheço Aldivan desde quando ele era apenas uma criança. Posso te dizer que ele é uma pessoa maravilhosa, totalmente digna de confiança. (Bernadete Sousa)

"Aldivan é um grande sonhador e com seu carisma consolidou-se um grande homem. Ele veio de classe social baixa e posso afirmar que ele sempre foi uma pessoa digna. (Osmar)

"Ele foi o único que perdoou meus crimes. Sua misericórdia e bondade são insondáveis. (Manoel pereira)

"O meu protegido oferece a você o recolhimento ao seu seio. (Uriel)

"Você tem o livre arbítrio para decidir. Se aceitá-lo, terá grandes perspectivas. Se rejeitá-lo, permanecerá em suas trevas. (Rafael)

"Filho de Deus, sonhador, pessoa boa. São tantos adjetivos para uma pessoa só. Quem é você, realmente, Aldivan? (Robson)

"Sou a brisa da manhã, o sol que te aquece, o amor entre os homens, sou a palavra meiga que te consola nos momentos difíceis, eu sou a salvação quando não houver mais saída, sou aquele que acredita sempre em você até o último momento, eu sou o princípio, meio e fim. Enfim, "Eu sou". (Aldivan)

"Suas palavras me enchem de esperança. Eu só não entendo como alguém grandioso como você se importa comigo. Deves saber que eu sou um cientista do universo, portanto, minha crença em Deus difere do habitual. Acredito mais em fatos. (Robson)

"Sei de tudo. Eu te conheço, mas o quero. Comigo, estão uma depressiva, uma mulher que provocou aborto, um pedófilo, um drogado, um parceiro de aventuras e dois arcanjos no suporte. Isto demonstra que não tenho preconceito com ninguém. Eu não fui enviado para os justos e sim para os pecadores empedernidos, de modo a recuperá-los" Explicou Aldivan.

"Eu não sei nem o que dizer. (Robson, em prantos)

O filho de Deus aproxima-se do mesmo, o abraça e oferece o seu peito de pai. Robson abaixa a cabeça e a pousa no local. Pela primeira vez, sentia a segurança diante da incógnita do universo. Aldivan era um mistério que teria gradualmente prazer de desvendar. E caso tudo fosse verdade, poderia finalmente conhecer o Deus verdadeiro e não uma farsa sustentada por algumas religiões. Tudo era provável naquele momento.

Quando Robson acalma-se, eles se afastam um pouco. A conversa é então retomada.

"O que você estuda, Robson? (Renato)

"Sou astrônomo e ufólogo. Desde pequeno tenho a curiosidade de decifrar os enigmas do universo. E vocês? (Robson)

"Eu só estudo ainda. Moro na serra do Ororubá, em Mimoso. (Renato)

"Eu também só estudo. Mas ultimamente não fazia nada por conta de minha doença. (Rafaela)

"Eu sou funcionária municipal de Pesqueira. (Bernadete Sousa)

"Trabalhei por muito tempo na prefeitura de Sanharó. No entanto, agora estou desempregado. (Osmar)

"Vivo nas ruas. Espero não retornar mais. (Manoel)

"Eu sou um arcanjo e minha missão é sustentar o universo inteiro. (Rafael)

"Eu sou o protetor de Aldivan. (Uriel Ikiriri)

"Eu sou funcionário público e escritor. Minha missão é fazer muitos sonharem. (Aldivan)

"Beleza. Devo confessar que por mais que tenha estudado e descoberto um pouco do universo, vocês me surpreenderam. Eu aceito ser um de vocês. (Robson)

"Pois a partir de agora se considere, meu apóstolo. Prometo uma constante dedicação á vossas causas. (Aldivan)

"Muito obrigado. Quero um presente de vocês. O que sugerem? (Robson)

Aldivan troca olhares com Rafael. Já esperava o pedido. Eles comunicam-se mentalmente e ao final Rafael faz sinal positivo. Uma coisa maravilhosa começará. Numa reunião rápida, decidem sair. Do observatório onde estavam, descem os dois andares, chegam no térreo e saem ao ar livre. O momento é o mais propício, pois se sentiam totalmente integrados ao ambiente mágico e rústico. O vidente então entra em contato:

"Realizarei seu sonho, meu caro amigo Robson. Preparado?

Robson estremece por dentro. Seu sonho? Seria possível? Por mais que a tecnologia evoluísse, já concluíra da impossibilidade do seu projeto e agora se via diante dessa garantia absurda. A não ser que eles fossem Deuses.

"Poderia me explicar melhor? (Robson)

"Meus dois servos, Uriel e Rafael, conhecem praticamente todos os recantos do universo. Eles nos levarão lá.

"Sério, Rafael? (Indagou o desacreditado Robson)

"Sim, humano. Faremos o que o filho de Deus quiser. (Rafael)

"Eu creio. (Robson)

"Então vamos. (o filho de Deus)

Ao sinal do filho de Deus, os anjos pegam os humanos pelo braço dividindo-os entre eles. Com Rafael, ficam Rafaela, Bernadete e Renato. Com Uriel, ficam Osmar, Manoel e Robson. O filho de Deus voaria independentemente com a graça do pai. Com tudo pronto, eles usam a magia branca da invisibilidade e dão a partida rumo ao universo escondido.

Atravessando todas as camadas da terra, eles ganham o espaço exterior numa velocidade inimaginável. Em questão de nanossegundos, atravessam galáxias, enxames de Galáxias e até conjunto de enxames.

Param há cerca de um bilhão de anos-luz da terra. Com a graça de Deus, flutuam, pois, no local em que se encontram a gravidade está anulada. Robson abre os olhos e sem medo contempla o seu maior anseio: O buraco negro inicial. Ele pode ser descrito como um gigante cilíndrico, formado por restos de uma explosão de uma estrela com uma massa gigante, equivalente a dez vezes a do nosso sol, e que no caso específico deste estava ligado à origem do universo.

Emocionado, Robson exclama:

"Agora posso morrer em paz! Eu vi o que muitos cientistas sonham.

"Ainda não é sua hora. Você viverá muito e ao meu lado terá a oportunidade de conhecer verdadeiramente o pai." Eu sou" garante isso. (O filho de Deus)

"Obrigado. Como foi tudo, filho de Deus, no começo? (Robson)

"Existem coisas que não são dadas ao ser humano porque vossa mente é limitada. Apenas direi que em dado instante o meu pai ordenou e as coisas foram feitas, foram expandindo-se e continuam sendo criadas até hoje, pois o universo não é estático. É um aglomerado de intricadas revoluções entrelaçadas por uma mão maior e o dono dessa mão chama-se Javé. (Aldivan).

"É impressionante! (Exclamou Robson olhando novamente para o universo infinito)

"Eu também me impressiono com a imensidão do universo. No entanto, o mais impressionante é existir alguém tão especial como Aldivan, que se importa realmente com o futuro e o bem-estar da humanidade. (Depôs Renato).

"Obrigado, Amigo e parceiro Renato. São seus olhos. Eu sou apenas um simples mortal com a dádiva de possuir o espírito de Deus e que procuro um lugar no universo. Ficarei feliz em ter meus escritos lidos pelas pessoas e fazê-las sonhar, pois, a felicidade se encontra nas pequenas coisas da vida. (Aldivan).

"Eu sei. Estou junto de você para o que precisar. (Renato)

"Olhando para este buraco negro, os meus problemas parecem ter se dissipado. É como diz o ditado, "Não olheis para o tamanho do seu problema e sim para a grandeza de seu Deus". Diante dele, vejo quanto fui boba. (Rafaela Ferreira)

"Eu também me sinto assim, amiga. Aqui, eu não sou mais uma mulher que provocou aborto, sou apenas uma mulher cheia de sonhos como qualquer outra. (Bernadete Sousa).

"Eu me envergonho dos meus crimes. Diante do filho de Deus e do buraco negro, pareço renascer. (Manoel)

"É realmente lindo o espetáculo que ouso perguntar: Filho de Javé, você me perdoa por todo o mal que fiz a mim mesmo e a sociedade? (Osmar)

"Você crê que possuo este poder? (O vidente)

"Sim, eu acredito" Disse Osmar sem Titubear.

"Então se faça conforme sua fé. Depende agora só de você, permanecer em sua remissão. Basta apenas renunciar aos desejos do mundo, entregar-me sua cruz para eu carregar, e dedicar-se ao seu bem próprio e ao do próximo. Eu vos amo, aos outros e a todo o universo" Declarou o filho de Deus.

Osmar se emociona. Após ter ouvido as palavras do vidente, era como se tivessem retirado o peso de uma tonelada de suas costas. Sentia-se livre, puro e remido. Daqui para frente, seria um novo homem e aproveitaria a viagem para conhecer mais daquele ser bendito que Deus colocara em seu caminho. Estava tão feliz que se aproximou dele e lhe deu um grande abraço e beijo nos intervalos da flutuação. Os anjos e os outros se aproximaram e o abraço foi múltiplo. Ao final do abraço, ouviram uma voz que provinha do infinito:" este é meu filho espiritual amado em quem encontro meu agrado. Escutem-no sempre".

Tudo estava consumado. Com um sinal, o filho de Deus ordena novamente a reunião dos anjos, eles carregam os mesmos humanos no seu seio e dão início a viagem gigantesca de volta.

Com sua velocidade fenomenal, eles ultrapassam sistemas solares, galáxias, enxames e conjuntos de enxames. O impossível estava ao alcance de suas mãos. Em questão de segundos, chegam à terra e adentram na sua atmosfera.

Daí até o observatório é questão de abrir e fechar os olhos, com os anjos e o filho de Deus pousando em segurança. A magia branca da invisibilidade é desfeita e então eles tornam-se visíveis novamente para os outros seres do planeta. A viagem fora um sucesso.

De volta ao observatório

No lado externo do observatório, Robson retoma novamente o contato.

"Vocês são ótimos. Realizei o meu sonho e sinto-me renovado O que mais falta acontecer?

"Falta o seu batismo" Alertou Rafaela Ferreira.

"Como assim? Batismo? (Indagou sem entender Robson)

"Mostre-lhe, filho de Deus. (Rafaela Ferreira)

O vidente caminha em sua direção e Robson sente-se ofegante do que se tratava? Bem, seja o que fosse, ele tinha plena confiança em seu mestre e senhor. Após um leve balançar em seus cabelos, o vidente chega bem perto e com um toque em sua mão pode conhecer um pouco mais do seu apóstolo através da visão respectiva.

"Era o dia sete de setembro de 1982. Nascia com saúde e em clima de tranquilidade o menino chamado Robson numa família consolidada de classe média da pequena Tacaimbó. Oriundos de Recife, o casal formado por Shelia Moura e Roberto Vieira eram renomados astrônomos sendo mentores do projeto que trazia um observatório para o interior. Segundo eles, Tacaimbó era o local mais adequado, de onde podia ver-se galáxias distantes.

Foi com carinho e dedicação dos mesmos, que o menino Robson foi crescendo pouco a pouco. Desde que se entendeu como gente, foi um menino serelepe, irrequieto e curioso. Provavelmente, o sangue desbravador dos pais falara mais alto através dele.

Ele entrou na escola, começou a participar das atividades sócias e seu temperamento não mudou. Estimulado pelos pais, começou a gostar de astronomia e ufologia. Um novo protótipo de cientista surgia.

O tempo passou e Robson tornou-se um jovem lindo. Mudou-se para o Recife com o objetivo de cursar a faculdade. Quatro anos depois, retornou a Tacaimbó onde assumiu o posto dos pais que já se encontravam aposentados.

E a vida se seguia. Anos depois, seus pais faleceram o que lhe trouxe o primeiro grande choque em sua vida. Era como se nada fizesse sentido. Do que adiantava esforçar-se tanto se o destino era a morte? Perguntava-se nos seus momentos de dor e não havia jeito de encontrar alguma explicação ou resposta contundente.

O fato o estimulou a pesquisar e estudar mais os astros e os fenômenos ufólogos. O objetivo era encontrar a Deus, um ser desconhecido e mentor do universo inteiro e o qual nenhuma religião tinha respostas concretas.

Com o avançar nos estudos, descobriu o conceito do ponto zero e do buraco negro original. Era uma pista, mas não estava satisfeito, pois, a tecnologia não lhe permitiria nunca uma viagem a um local tão distante.

Foi aí que ocorreu um encontro inusitado com um grupo fenomenal. Liderados por Aldivan Teixeira Torres, vulgo filho de Deus, mostraram para ele que os sonhos eram possíveis. Agora, aproveitaria o tempo ao lado deles para aprender mais e fortalecer seu lado espiritual. Rumo ao descobrimento de Javé, o Deus do impossível, e esta era a aventura mais instigante de todas."

O momento do toque cessa. Os dois separam-se por um instante e esboçando um sorriso, o filho de Deus volta a comunicar-se:

"Eu o entendo e estou aqui para ajudá-lo Com a minha larga experiência, posso garantir que só se aprende vivendo e esta viagem para qual o convidei é uma ótima oportunidade. Sinta-se à vontade, irmão.

"Obrigado, Aldivan. Prometo corresponder à sua expectativa. Estou pronto! (Afirmou Robson)

"Ótimo. Vamos, pessoal? (O vidente)

"Sim. (Os outros)

Com a concordância unânime, eles partem do observatório após tê-lo fechado. No caminho, eles passam pela casa do novo amigo e com paciência esperam ele arrumar as malas. Quando está tudo pronto, eles dirigem-se ao hotel.

Enfrentando um trânsito normalmente, eles chegam no estabelecimento, após vários minutos andando pela rua. Eles aproveitam que falta uma hora para o jantar e vão tomar banho aproveitando para descansar um pouco também. Fazem também o cadastro do novo amigo, ajudando-o a estabelecer-se. Passariam a noite ali e seguiria a viagem no outro dia.

Ao final de uma hora, eles reúnem-se na copa e vão jantar. Após, assistem televisão, escutam música, leem um livro e estudam um pouco. Próximo das 21:00 Horas, vão contemplar o céu e Robson aproveita para dar algumas aulas particulares. Tudo está correndo muito bem num clima de paz.

Mais tarde, vão dormir. A família da série "O vidente" crescia cada vez mais. Até o próximo capítulo, leitores.

São Caetano

A noite passa, a madrugada chega e amanhece. Logo cedo, os viajantes despertam e vão levantando-se de modo a cumprir suas obrigações. Entre elas, banho, fazer a barba, desjejum, escovar os dentes e arrumar as malas. Cumpridas estas etapas, estão prontos para mais um dia de intensas emoções e aventuras.

Portando suas tralhas, eles acertam as contas, despedem-se dos demais hóspedes e finalmente partem. O mundo os esperava de modo a revelar mais sobre seu próprio destino.

Já fora do hotel, encaminham-se à rodoviária que distava cerca de setecentos metros dali. No caminho, atravessam algumas ruas, cumprimentam as pessoas e param em alguns pontos a admirar as construções bem trabalhadas e alguns estabelecimentos de venda. Realmente, aquela cidade era especial e ao deixá-la restariam boas lembranças. Lembrariam sempre do observatório moderno que dava o título de cidade futurística ao local como principal ponto.

Vinte minutos após a saída do hotel, já se encontram nas dependências do pequeno terminal rodoviário. Eles compram as passagens e descansam no saguão principal. O momento era de realização, análise e expectativa por parte de todos. Particularmente, o vidente sentia-se feliz, pois conquistara mais um coração para seu reino. Esperava agora corresponder a todos os anseios deste conjunto e revelar um pouco mais do seu pai para mentes tão carentes de afeto e de orientação. Isto fazia parte de sua missão a qual o seu pai lhe confiara na terra.

Enquanto esperam a chegada do ônibus, distrai-se o melhor possível: escutam músicas, leem trechos de livros, conversam com os demais passageiros os quais esperam também a condução. Até que algo começa a mudar.

Inicia-se uma movimentação estranha no local e cinco homens bem armados abordam os passageiros. Eles anunciam assalto e numa revista rápida, vão afanando os pertences pessoais dos que se encontravam ali. Alguém esboça uma reação, mas eles ameaçam com a arma em punho. Ao fim de três minutos, eles se afastam levando uma boa quantidade de objetos. A polícia é imediatamente acionada, mas eles já sumiram, pois, já tinham um carro de fuga os esperando na saída da rodoviária de andar único, composta de saguão, bilheteria, banheiros, lanchonete e entrada asfaltada.

Choque era a palavra adequada para designar o estado de todos após o golpe. Como era possível que numa cidade tão pacata a violência chegara com tão força? Pensando bem, não era de admirar-se, pois havia notícia de crimes por toda a parte inclusive sítios, fazendas e povoados. O mundo estava cada vez mais distante de Deus.

Dos nossos augustos personagens, foram roubados uma boa quantidade de dinheiro, relógios, celular e joias. A felicidade deles foi que o vidente escondera seus cartões bancários no bolso da cueca. Era o suficiente para as passagens, alimentação e demais despesas da viagem. Ainda bem!

Dez minutos depois da ação dos bandidos, o ônibus chega e então todos que o esperavam embarcam, inclusive nossos amigos. Tudo o que era de ruim deixariam para trás e viveriam uma nova história. Uma história protagonizada por eles mesmos, no grande palco da vida. No momento, a confiança era completa no apoio dos seres benignos a exemplo de Rafael e Uriel que não se separavam por nenhum momento deles. Faltara pouco para os dois reagirem diante dos bandidos e lhe darem uma lição, só não o fizeram, pois, o segredo dos céus tinha que ser mantido a qualquer custo.

Após todos se acomodarem, é dada a partida. O vidente e seu parceiro Renato estão acomodados numa das poltronas da frente. Conversam animadamente sobre seus projetos e outros assuntos pessoais, até que alguém se aproxima dos mesmos vindo da parte de trás do ônibus.

Apresenta-se como Lídio Flores, pede licença e senta ao lado deles espremendo-se entre os mesmos, no local disponível. A conversa instantaneamente para e o estranho faz questão de explicar-se.

"Eu os conheço. Eu vi a foto num cartaz publicitário. Vocês são a dupla dinâmica da série "O vidente", acertei?

"Sim. Eu e meu parceiro somos a pilastra deste projeto. (Aldivan)

"Juntos podemos mais. (Complementou Renato)

"Muito bom. Sou um fã de vocês. Qual o projeto atual? (Lídio)

"Estamos recrutando pessoas com variados problemas nas cidades que visitamos. O objetivo é mostrar para elas um pouco da minha personalidade e a do meu pai, quebrando de uma vez por todas com os estereótipos. (O vidente).

"O próximo destino é São Caetano. (Informou Renato)

"Interessante. Eu sou de São Caetano. Estou voltando para lá após um tempo fora. Quero convidá-los a ir lá em casa. (Lídio)

"O que acha, Renato? (Pediu uma opinião, o filho de Deus)

"Suponho que não tem problema. Ter um maior contato com o público alvo também é importante. (Renato)

"Certo. Aceitamos, seu Lídio. Muito obrigado. (O vidente)

"De nada. Será um prazer. (Lídio)

A conversa continua animada durante o restante da viagem. Cada um com vez e voto, numa grande democracia. Os outros integrantes do grupo descansam nas poltronas seguintes sem dar conta do que está acontecendo.

Os dezesseis quilômetros que separam uma cidade uma da outra são rapidamente cumpridos. O ônibus para no ponto rodoviário e então eles descem. Ao saírem, começam a caminhar guiados pelo novo amigo. É feita uma apresentação rápida para os demais membros do grupo.

O ambiente na cidade é tranquilo e conservador. Com uma população aproximada de 37 mil habitantes, área de 382,475 km² e índice de desenvolvimento 0,591, reflete no casario moderno e dinâmico do centro um pouco da cultura local. As pessoas também parecem ser simpáticas, característica comum a todas as cidades visitadas. Realmente, passear era tão bom quanto o prazer da aventura.

Em dado momento, o sol esquenta e os integrantes do grupo reagem diversamente. Alguns homens tiram sua blusa, mostrando um pouco de sua nudez, as mulheres usam abanadores e outros por pudor simplesmente ignoram o calor.

Ainda bem que a residência do amigo ficava bem localizada e ele não tinham que desprender tanto esforço. Chegam em frente dela após percorrerem dois quarteirões entre travessias e partes retas.

Lídio vasculha a mala. Tira da mesma uma chave pequenina e a usa na fechadura da porta. Por falta de uso, é necessário dar dois trancos de modo a abrir a porta. Ao conseguir, todos são convidados a adentrar na residência simples,10 metros de comprimento com 4 metros de largura, estilo casa, cinco cômodos. Entre eles, dois quartos, uma sala única, uma cozinha e um banheiro.

Ao adentrarem, veem um ambiente de desolação, cheio de poeira, desorganização e com móveis espalhados aqui e ali. O anfitrião entra em contato.

"Não reparem amigos, faz quase três meses que a abandonei em busca de um grande sonho. Mal eu sabia que teria que retornar e voltar a minha vida de sempre. Mas mesmo assim, fiquem à vontade.

"Obrigado, irmão. Entendemos perfeitamente. (O vidente)

"Guardemos as malas. Após, nos reunimos e fazemos uma limpeza geral. De acordo, pessoal? (Rafael)

"Ótima ideia, irmão. (Uriel)

"Eu sou ótima faxineira. Sempre tive que cuidar das minhas tarefas, sozinha. (Bernadete Sousa)

"Eu também costumava ajudar. A não ser que estivesse em crise" Contou Rafaela Ferreira.

"Na prefeitura, sempre tive empregados. Na minha casa, também. Então não sei como seria útil. (Osmar)

"Eu também não. O meu trabalho sempre foi no campo. (Renato)

"Eu também não sei nada. Mas não custa nada tentar, não é? (Robson)

"Eu apoio. É uma forma de sentir-se útil, algo que não sou faz tempo. (Manoel pereira)

"Ensino a vocês. Desde pequeno, eu nunca tive moleza na vida. Será muito fácil, eu garanto. (O vidente)

"Então está decidido, ajudaremos nosso novo amigo. (Rafael)

"Obrigado. (Lídio)

Eles fazem conforme o combinado. Acomodam-se suas coisas nos quartos, um para os homens e o outro para as mulheres. Após, vão à cozinha e armam-se de vassouras, panos, esfregões, pá, sabão e água.

Da cozinha dirigem-se á sal, onde começam a faxina. Os que sabem vão ensinando aos aprendizes e tudo se torna uma grande curtição entre poeira, risadas, apertos e a humildade do local que mal podia chamar-se uma casa.

Em cerca de trinta minutos, concluem a primeira parte do trabalho. A segunda consiste em passar o pano no piso com cuidado usando um produto dissolvido em água. Como é um trabalho mais delicado, a responsabilidade fica com as mulheres.

Terminada esta etapa, vem a terceira, que é a organização dos móveis. Como este serviço exige força bruta, é a vez dos homens atuarem supervisionado pelas mulheres, é claro. Ao fim de tudo, fazem um trabalho maravilhoso. A casa estava impecável.

Como são apenas dez horas da manhã, dividem-se em outros trabalhos. Uns ficam a preparar o almoço (Compra dos alimentos, corte e cozimento) e outros no planejamento das próximas etapas da aventura. Ainda tem tempo para tomar banho e descansar.

Exatamente às doze horas reúnem-se novamente na cozinha. Acomodam-se ao redor da única mesa disponível. Ainda bem que tem espaço suficiente para todos. As mulheres fazem a gentileza de servirem aos homens e a si mesmas. O cardápio é composto de arroz, macarrão, feijão, farinha de mandioca, verdura e suco. Tudo é muito simples, mas ao começarem a se alimentar todos acham uma delícia.

Enquanto comem, a conversação é inevitável.

"Bem, amigos, para onde estão indo? (Lídio Flores)

"Estamos indo para onde o destino nos levar. Se quiser, está convidado para participar desta grande aventura. (O vidente)

"Obrigado. Pensarei sobre isso. (Prometeu Lídio)

"O que faz da vida, seu Lídio? (Renato)

"Sou formado em biociência. Estudei afundo a teoria da evolução e comecei a exercer uma função na área há três meses. No entanto, decidi voltar para casa e pensar um pouco na vida" explicou ele, respondendo à pergunta de Renato.

"Interessante. (Renato)

"Como vocês veem a vida? (Robson Moura)

"Vejo a vida como uma grande cadeia interligada. Caso haja uma inteligência superior por trás disso é algo ainda não provado. (Lídio)

"Neste caso, sou obrigado a discordar, amigo. Há inúmeras provas da existência de Deus e eu sou uma delas. (Interveio o vidente)

"Estou aqui para aprender. (Lídio)

"Poderia nos explicar sobre o evolucionismo, tem relação com aquela teoria de que descendemos dos macacos? (Manoel Pereira)

"Um pouco. O evolucionismo é uma teoria conjunta elaborada com o intuito de explicar as constantes alterações ocorridas nas diversas espécies temporalmente. Seu principal mentor foi o inglês Charles Darwin, autor da obra "A origem das espécies", obra construída através de pesquisa de campo, em vários locais do mundo, numa grande viagem de navegação. Nesta viagem, ele percebeu haver características comuns entre espécies extintas e espécies atuais o que o levou a acreditar em uma característica mutável entre elas. Concluindo ao final que elas não mantêm as características, elas evoluem e transmitem geneticamente estas mudanças a outras gerações. Surge então o conceito de seleção natural, sendo adaptação ao meio em que se vive. (Lídio Flores)

"Daí que isto leva crer que o homem descende do macaco. (Manoel)

"O que as pesquisas indicam é que temos um ancestral comum com o macaco. O que reforça isto é o fato de termos uma semelhança de 98% de genes entre os seres humanos e chimpanzés. (Lídio).

"Ser semelhante não quer dizer igual, é importante frisar. O que ficou comprovado é apenas um parentesco comum entre as espécies. Na verdade, o ser humano é um ser único. (o vidente)

"Sim. Até o momento. (Lídio)

"Muito bom. Estudo os astros e as vidas no espaço, mas confesso que sou um pouco leigo em relação à vida no meu próprio planeta. (Robson Moura).

"Já eu não entendo nada de astronomia ou ufologia. É assim mesmo. Ninguém sabe tudo. (Lídio)

"O que o levou a sair do emprego na área que você tanto se esforçou para se formar? (Rafaela Ferreira)

"Contradições, discussões com superiores, medo e incerteza diante do grande mistério da vida. Quero buscar novos horizontes. (Explicou Lídio)

"Eu vos ofereço a minha ajuda como pai, irmão e, primeiramente, amigo. Tenho as respostas das quais você precisa tanto. (O filho de Deus)

"Eu quero crer, mas a minha mente é tão frágil e incrédula. (Lídio)

"Vá fundo, amigo. Eu também não acredito no início e hoje estou me sentindo bem melhor ao lado do mestre. (Rafaela Ferreira).

"Aldivan me deu o apoio que não recebi dos meus entes familiares. Então, entregue-se com confiança em seus braços. (Recomendou Bernadete Sousa)

"Li o seu livro, vidente. É verdade que és o filho de Deus? (Lídio)

"A resposta já está no íntimo do seu coração. Basta você escutá-lo. Como aos outros, eu o quero ao meu lado. Aceita? (O vidente)

Lídio analisa a proposta em dois segundos. O que teria a perder? Absolutamente nada e era um curioso por natureza. Com um sorriso disfarçado, responde:

"Está bem. Eu vou. Desde que seja só amanhã.

"Está bem. Aproveitaremos o restante do dia numa excursão pelo município. Você será nosso guia. (o vidente)

"Tudo certo, irmão. (Concordou Lídio).

A conversa cessa. Todos cuidam em concluir o almoço. Dez minutos depois, terminam e gentilmente todos ajudam a lavar os pratos. O destino estava cumprido.

Final

www.ingramcontent.com/pod-product-compliance
Lightning Source LLC
LaVergne TN
LVHW020440080526
838202LV00055B/5276